COLLECTION
LECTURE FACILE

GRANDES ŒUVRES

GERMINAL

ÉMILE ZOLA

Raconté par
SUZY SIMON

Collection dirigée par
ISABELLE JAN

HACHETTE
58, rue Jean Bleuzen
92170 Vanves

Crédits photographiques : p. 5, gravure de Desmoulins / Tallandier ; pp. 8-9, 18, 19 en bas, 20 en bas, 28 en haut, 68, Centre historique minier Lewarde ; pp. 10-11, 20 en haut, Jean-Loup Charmet ; pp. 19 en haut, 21, 27 en bas, 28 en bas, Claude Theriez, musée des Beaux-Arts d'Arras ; pp. 15, 27 en haut, 32, 35, 41, 44, 51, 55 et 60, Prod / DB, © D. R., photo Castelli ; pp. 42, 45 et 59, collection Cinéstar ; p. 69 en haut, Roger-Viollet, collection Viollet ; p. 69 en bas, Roger Viollet, © Hardingue-Viollet ; p. 71, Roger Viollet, © ND-Viollet.

Couverture : Agata Miziewicz.

Conception graphique : Agata Miziewicz ; illustration : aquarelle par Bonhomme, *Mines du Creuzot*, Jean-Loup Charmet.

Composition et maquette : Joseph Dorly éditions.

Iconographie : Annie-Claude Médioni.

ISBN : 2-01-020704-1

© **HACHETTE LIVRE 1994, 79, boulevard Saint-Germain, F 75006 Paris**

Sommaire

NOTE : les mots accompagnés d'un * dans le texte sont
expliqués dans « Mots et expressions », en page 75.

*Parmi les illustrations de cet ouvrage, tous les documents
photographiques montrant le travail des mineurs, la vie
dans le coron, les suites d'un accident de la mine, sont
authentiques. Ces photos ont été prises à la fin du siècle
dernier, ou au tout début de ce siècle, dans différents
centres miniers.*

L'auteur et son œuvre

 **Émile Zola** est né à Paris le 2 avril 1840. Son père était italien. La famille s'installe bientôt dans le Midi de la France, à Aix-en-Provence. Émile devient camarade de collège de Paul Cézanne, avec qui il restera ami longtemps. Le jeune Zola ne réussit pas l'examen du baccalauréat. Il part à Paris et entre à la librairie Hachette où il devient chef de publicité. Il fait la connaissance du milieu littéraire parisien et commence le métier de journaliste. Un de ses premiers romans, *Thérèse Raquin* (1867), lui apporte le succès tout en lui faisant beaucoup d'ennemis. Le public n'est pas habitué à une littérature aussi proche de la réalité et aussi violente.

C'est la fin du règne de l'empereur Napoléon III : l'Allemagne menace la France, et le second Empire va finir dans le sang et la misère. Zola a toujours combattu la politique autoritaire et l'empereur, il écrit dans les journaux républicains et critique avec force l'injustice sociale. Il participe ainsi, comme intellectuel, à la chute de Napoléon III. Il s'intéresse aussi beaucoup à l'art et défend ses amis les peintres impressionnistes.

Vers 1868, il a l'idée d'une suite romanesque : *les Rougon-Macquart, histoire naturelle et sociale d'une famille sous le second Empire*. Il veut observer la vie affective et sociale de ses personnages, travailler comme un scientifique, avec des documents.

Cette manière d'écrire des romans est le naturalisme, dont Zola est l'écrivain le plus important. L'entreprise énorme des *Rougon-Macquart* va l'occuper un quart de siècle, de 1871 à 1893. *Germinal* (1885) est le treizième volume de la série. Dans ce roman, le personnage principal, Lantier, est le fils de Gervaise, l'héroïne de *l'Assommoir* (1877). Zola devient un écrivain célèbre, aussi adoré que détesté.

La fin de sa vie est marquée par le combat qu'il va mener pour défendre le capitaine Dreyfus, injustement accusé de trahison envers son pays, parce qu'il est juif. Il publie un article très violent intitulé *J'accuse !* qui va lancer l'Affaire. Deux fois condamné au cours du premier et du deuxième procès Dreyfus, Zola continue à se battre pour faire reconnaître l'innocence du capitaine. Dans la nuit du 28 septembre 1902, il meurt asphyxié par du gaz. Accident ou acte criminel ? On ne le saura jamais.

Les romans de Zola ont inspiré les cinéastes de tous les pays : Jean Renoir, Luis Buñuel, René Clément... En 1993, le cinéaste Claude Berry a réalisé *Germinal*. Il a tourné dans les mines du Nord, avec, dans les rôles principaux, le chanteur Renaud et Gérard Depardieu.

Repères

Au XIXᵉ siècle, l'énergie utilisée dans la plupart des activités industrielles est avant tout le charbon. Dans le nord de la France, le sol est très riche en charbon, mais il est profondément enfoui dans la terre. Il faut donc creuser des puits *, puis des galeries * et presque toute une ville souterraine pour tirer le charbon de la terre : ce sont les mines de charbon. Le travail est dangereux car la terre risque de s'effondrer sur les mineurs ; une rivière peut déborder dans les galeries ; enfin on craint que le gaz retenu sous la terre s'enflamme : c'est le terrible « coup de grisou ».

À l'époque où Zola écrit, à la fin du second Empire et au début de la IIIᵉ République, c'est le début de l'époque industrielle. Les paysans pauvres quittent la campagne pour venir travailler dans les usines où la vie des ouvriers est terriblement dure. Il faut beaucoup de bras pour faire marcher les machines, et on entasse les gens dans des villes sales et malsaines. C'est le développement du capitalisme, critiqué par des penseurs socialistes * comme Proudhon et Karl Marx.

À partir de 1865, de nombreuses grèves * éclatent chez les mineurs, soutenues par l'Association internationale des travailleurs * dans laquelle ces idées nouvelles jouent un grand rôle. La grève des mineurs à Anzin, en 1884, va servir de modèle à Zola pour son roman.

Pour ce roman, Zola, fidèle à la « méthode naturaliste », s'est renseigné, a rencontré des mineurs, est descendu dans la mine. À partir d'événements dramatiques réels, il a reconstruit une histoire où il exprime ses idées, où il met en lumière la lutte terrible qui oppose les ouvriers et la bourgeoisie. Authentique roman social, *Germinal* est aussi une œuvre d'art puissante.

*Plan montrant les installations techniques et l'organisation
du travail dans une mine de charbon au XIXᵉ siècle.*

Couches de charbon, dans la profondeur de la terre.

*Dans le puits de gauche, on descend et on remonte les ouvriers
et les berlines de charbon.*
*Plus à droite, on voit le puits de retour d'air, avec les échelles
pour remonter.*
*Dans les galeries, des chevaux tirent un convoi de berlines
pleines.*

C'est un triste paysage, avec des machines, des bâtiments de briques, des fumées.

Chapitre premier

Nous sommes dans le nord de la France, au pays des mines de charbon.

C'est une nuit de mars, noire et froide. Le vent souffle sur une route plate sans arbres. Un homme se dirige à grands pas vers la cité minière de Montsou.

Il aperçoit des feux qui brûlent. C'est la fosse* du Voreux. Au fond d'un trou de cinq mètres, sous la terre, des hommes, des femmes, des enfants travaillent...

Il s'approche d'un vieil homme qui conduit un cheval.

– Je m'appelle Étienne Lantier, dit-il. Je cherche du travail.

Le vieux le regarde. Étienne est un jeune homme d'une vingtaine d'années, aux cheveux très bruns. Joli garçon, mince, mais l'air fort.

– Il n'y a pas de travail ici, répond le vieux. Rien du tout...

Au milieu du bruit et de la fumée, Étienne regarde autour de lui le triste paysage éclairé par les flammes : des tas de charbon, des machines, des bâtiments de briques... Au loin, on devine les toits sombres des maisons des mineurs : le coron*.

– Ma famille est ici depuis cent ans, dit le vieux. On a toujours travaillé à la mine. Beaucoup sont

morts au fond. Moi, j'ai échappé trois fois à la mort...
Trois fois !... Alors, on m'a appelé Bonnemort, pour
rire... Maintenant, j'habite avec mon fils, Toussaint
Maheu, avec sa femme et leurs sept enfants...

De temps en temps, le vieux tousse et crache. Et
cela fait une tache noire sur la terre.

– C'est le charbon, explique le vieux. J'en ai plein
les poumons...

Le vieil homme semble porter en lui toute la
misère du monde.

Étienne l'interroge sur la «Compagnie*», les propriétaires de la mine.

Bonnemort ne les a jamais vus. Il connaît seulement M. Hennebeau, le directeur général. Il sait seulement que la Compagnie est riche, que les mineurs
doivent travailler et, souvent, mourir pour elle.

– Encore, tant qu'on peut manger, murmure
Étienne.

Bonnemort retourne à son travail. Étienne se
retrouve seul. Que faire dans ce pays ? Où aller maintenant ?

Quatre heures... Le jour n'est pas encore levé. Le
coron commence à s'éveiller. Les unes après les
autres, les fenêtres des petites maisons s'éclairent
faiblement.

Chez les Maheu, le réveil est difficile. Toute la
famille est entassée en haut : six enfants dans
l'unique chambre, et les parents dans le couloir, un
bébé à côté d'eux.

C'est Catherine qui se lève la première. À quinze
ans, avec ses cheveux roux, son teint pâle [1], ses bras
et ses jambes maigres, elle a encore l'air d'une
enfant. Elle secoue ses deux frères pour les réveiller.

---

1. Pâle : presque blanc.

Catherine se lève la première. Elle descend à la cuisine pour préparer le café.

Zacharie, l'aîné, a vingt et un ans. Jeanlin n'a que onze ans, mais il travaille déjà à la mine. Silencieusement, les yeux grand ouverts, Alzire, la petite infirme[1], les regarde se disputer tous les trois comme de jeunes chiens.

Catherine descend à la cuisine. La pièce est propre, pauvrement meublée : un buffet, une table, quelques chaises. Au mur, les portraits en couleur de l'empereur[2] et de l'impératrice, donnés par la Compagnie.

---

1. Infirme : qui a une maladie ou une malformation qu'on ne peut pas guérir.
2. Empereur : Napoléon III, qui a régné de 1852 à 1870. L'impératrice est son épouse, Eugénie de Montijo.

La jeune fille allume une chandelle et commence à faire le café. Elle entend sa mère, la Maheude[1], qui se plaint, là-haut :

– Nous voilà seulement lundi, et je n'ai déjà plus d'argent !... Comment faire pour vous nourrir tous ? Le buffet est vide... Je dois de l'argent à l'épicier...

– Va voir les Grégoire, dit Maheu... Ils donnent des vêtements aux pauvres...

– C'est ça... oui... j'irai avec les petits... ils me donneront bien cent sous[1] !

Dans la cuisine, Catherine prépare le déjeuner qu'ils emporteront à la mine : quelques restes de pain et de fromage, rien de plus. Maheu et les deux garçons descendent. Ils se dépêchent de boire leur café, un café trop clair qui ne les réveille pas.

Des ombres passent devant la fenêtre.

– Allons, dit Maheu, il est temps de partir !

Dehors, ils retrouvent leurs voisins, Levaque et son fils, Bébert, Pierron et sa fille, Lydie... Tous ensemble, mal réveillés, courbés sous le vent, ils prennent le chemin de la mine.

À la fosse du Voreux, dans le bruit énorme des machines, Étienne continue à demander aux mineurs s'il y a du travail pour lui.

– Il n'y a rien, lui dit Maheu qui vient d'arriver.

Étienne lui paraît sympathique. Il aimerait l'aider.

– Ce n'est vraiment pas le moment de chercher du travail ici, continue-t-il. On ferme des fosses. Ceux qui travaillent sont moins malheureux que vous...

– Attendez Dansaert, le surveillant chef, dit un mineur.

---

1. La Maheude : la femme de Maheu.
2. Sous : centimes ; cent sous, ce sont cinq francs de l'époque.

Étienne se sent perdu au milieu de tous ces ouvriers qui vont et viennent. La fosse lui paraît noire et dangereuse. Il est effrayé par le mouvement continuel des machines et des hommes. Il décide de partir.

Mais, au même moment, on apprend qu'une ouvrière est morte dans la nuit. Il faut la remplacer. Maheu pense tout de suite à Étienne. Il envoie Catherine le chercher. Étienne est engagé aussitôt dans l'équipe de Maheu, pour trente sous par jour.

Le voici dans la cage*, serré contre les autres, emporté dans une longue descente vers l'inconnu. En bas, il faut encore marcher pendant deux kilomètres dans une galerie de plus en plus étroite, de plus en plus basse, de plus en plus humide[1]. Un gros cheval blanc apparaît soudain dans la nuit comme un fantôme[2]. Les hommes marchent courbés, les pieds dans l'eau. L'air est froid, on tremble ; puis il devient chaud, on a du mal à respirer, et, soudain, quelques mètres plus loin, de nouveau, on tremble de froid...

Ils doivent encore monter pour arriver à la veine* de charbon où ils travaillent. Étienne est à bout de forces. Il avance lentement à la lumière des lampes. Maheu et Catherine l'aident et ils arrivent en retard. Chaval, un mineur de Maheu, les attend, furieux. Il a vingt-cinq ans. Il est grand et maigre.

Maheu lui explique qu'Étienne remplace une ouvrière. Chaval regarde Étienne avec mépris et dit :

– Ça n'a pas peur de manger le pain des filles !

Étienne et Chaval ne se connaissent pas encore, mais ils se détestent déjà. Étienne sait maintenant qu'il a un ennemi.

---

1. Humide : pleine d'eau.
2. Fantôme : un mort qui revient sur terre.

L'équipe de Maheu se met au travail. Maheu, Chaval, Zacharie et Levaque abattent le charbon. Dans un couloir étroit et sombre, couchés sur le côté, ils creusent. Ils arrachent le charbon à coups de pic, morceau par morceau, bloc par bloc. Ils souffrent de la chaleur et de l'humidité. Ils ont enlevé leur chemise. Ils sont recouverts d'une boue[1] noire qui colle à la peau. La sueur coule sur leur visage et les aveugle. Pendant des heures, dans le bruit des pics et du charbon qui tombe, ils travaillent.

Catherine et Étienne ramassent le charbon et le jettent dans une berline*. Lorsque la berline est pleine, ils la poussent jusqu'au bout du tunnel. C'est un travail difficile. La berline est lourde et il ne faut pas qu'elle sorte des rails. Catherine montre à Étienne comment il faut faire, mais le jeune homme est encore trop lent et maladroit, et Chaval se moque de lui.

À dix heures, après cinq heures de travail, on s'arrête pour déjeuner. Catherine donne la moitié de son pain à Étienne.

– Comment es-tu arrivé ici ? lui demande-t-elle.

– J'ai été renvoyé de mon travail, parce que j'avais frappé mon chef... J'avais trop bu... Il ne faut pas que je boive... Je deviens méchant... J'ai envie de tuer...

Catherine a froid. Elle tremble. Étienne a envie de la prendre dans ses bras, de l'embrasser.

– Est-ce que tu as un amoureux ? demande Étienne.

– Non... mais, un jour... sûrement...

Étienne s'approche de Catherine. Tout à coup, Chaval apparaît. Il attrape Catherine par les épaules et l'embrasse brutalement.

– Laisse-moi, dit-elle. Laisse-moi !

Chaval s'en va, sans dire un mot.

---

1. Boue : mélange de terre et d'eau.

– Pourquoi as-tu menti ? demande Étienne.

– Je n'ai pas menti ! Ce n'est pas mon amoureux !

En début d'après-midi, un peu avant la fin de leur journée de travail, les mineurs arrêtent de creuser. Avant de partir, ils doivent boiser, c'est-à-dire soutenir la roche avec des planches de bois, pour éviter qu'elle s'effondre [1]. Le boisage est nécessaire pour leur sécurité, mais les mineurs n'aiment pas le faire car c'est un travail qui n'est pas payé.

– Pendant qu'on boise, dit Jeanlin, on n'abat pas de charbon !

– C'est de l'argent en moins ! ajoute Chaval.

Tous les jours, c'est la même chose. Ils boisent trop vite, ils boisent mal, et les galeries sont de plus en plus dangereuses.

– Attention ! crie Catherine. Voilà Négrel !

Négrel, l'ingénieur responsable de la fosse, est venu contrôler le boisage, avec le surveillant Dansaert. Il remarque tout de suite que le boisage est mal fait et cela le met en colère.

– Qu'est-ce que c'est que ce travail ? crie-t-il. Vous êtes complètement fous ! Vous voulez tous rester [2] au fond, ma parole ! Vous aurez trois francs d'amende [3] ! Et vous allez rester une heure de plus pour me refaire ce boisage !

Tous les ouvriers sont furieux, même Maheu, qui perd son calme habituel. Gagner encore moins d'argent, pour travailler encore plus !... Quelle injustice ! Plus que les autres, Étienne est révolté*.

Les mineurs se remettent au travail, mais ils s'arrêtent avant l'heure, trop en colère pour continuer. Les

---

1. S'effondrer : tomber.
2. Rester : ici, rester a le sens de mourir.
3. Amende : argent versé à une autorité quand on n'a pas obéi à une règle ou à une loi.

Ils descendent dans les cages, serrés les uns contre les autres.

Le mineur abat le charbon à coups de pic.

Le charbon est ramassé et jeté dans les berlines, puis un enfant pousse la berline pleine.

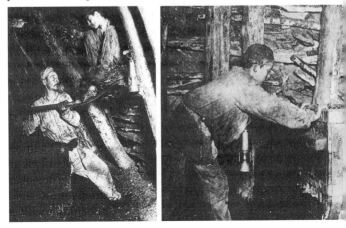

Ce sont aussi les femmes qui transportent le charbon sous terre.

Le boisage est nécessaire à la sécurité des mineurs.

En haut, à l'air libre, d'autres femmes trient le charbon en séparant le bon du mauvais.

équipes remontent, les unes après les autres. Tous pensent à la même chose : si la Compagnie payait mieux, les mineurs prendraient moins de risques !

Au sortir de la mine, une mauvaise surprise attend l'équipe de Maheu. Deux berlines sont refusées, l'une parce qu'elle n'est pas assez pleine, l'autre parce que le charbon n'est pas bon. Voilà encore de l'argent en moins ! .

Chaval est furieux. Il traite Étienne d'incapable et de paresseux. Étienne a envie de le frapper, mais il ne répond pas. Il a décidé de partir. La mine, pense-t-il, c'est l'enfer [1], et on ne gagne même pas de quoi manger à sa faim...

Catherine et son père ont pris Étienne en amitié. Ils veulent l'aider. Ils l'emmènent chez Rasseneur, le patron du café *À l'Avantage*. Rasseneur est un ancien mineur. Il a été renvoyé par la Compagnie, à la suite d'une grève. Maintenant il sert de la bière aux mineurs, mais il est toujours intéressé par la lutte contre la Compagnie.

Étienne et Maheu entrent dans le café. Le gros Rasseneur apparaît.

– As-tu une chambre pour lui ? demande Maheu en montrant Étienne.

Rasseneur regarde Étienne. Qui est ce jeune homme qui ne ressemble pas à un ouvrier ? D'où vient-il ? Que vient-il faire ici ? C'est peut-être un espion [2] envoyé par la Compagnie, ou par la police...

– Non, répond-il, je n'ai pas de chambre de libre.

Rasseneur et Maheu discutent un long moment de la situation de la mine, des usines qui ferment, de la misère des ouvriers, de la colère qui monte, chaque jour un peu plus.

---

1. Enfer : lieu où vont les méchants après la mort. Ici, endroit terrible.
2. Espion : personne qui cache son nom pour donner des informations.

– Ça ne peut pas durer comme ça, dit Rasseneur...
Ça va mal finir...

– L'homme qu'il nous faut, dit Mme Rasseneur en entrant dans la salle, c'est Pluchart !

– Pluchart ? dit Étienne... Mais... je le connais. J'ai travaillé avec lui, à Lille... Vous avez raison, c'est un type [1] bien...

Aussitôt, Rasseneur change d'avis et propose une chambre à Étienne.

Le jeune homme hésite. Si je reste ici, se dit-il, je serai comme une bête qu'on aveugle et qu'on écrase... Mais il regarde la plaine, le Voreux, le coron. Tout cela lui rappelle la journée qu'il vient de passer avec les autres, au fond de la mine. Et puis, il y a cette révolte qui se prépare... Il y a Catherine... Alors, brusquement, il décide de rester.

*C*hapitre II

« Voilà encore une journée difficile ! pense la Maheude en se levant. Le buffet est vide et l'épicier ne veut plus me faire crédit [2]. Il faut que je trouve de l'argent... »

Le jour commence à se lever. La Maheude sort de chez elle, en tenant par la main Lénore et Henri, ses deux jeunes enfants. Estelle, la dernière, âgée de quelques mois, est restée à la maison. Les cafés ont déjà ouvert leurs portes. La grande maison de M. Hennebeau dort encore.

La Maheude entre chez Maigrat, l'épicier. Une dernière fois, elle vient lui demander de l'aider. Un

---

1. Type : homme (mot familier).
2. Faire crédit : permettre de payer plus tard.

morceau de pain, rien qu'un morceau de pain... Maigrat refuse.

Elle repart. En route, elle rencontre le curé[1]. Elle a un moment d'espoir, mais il passe, sans dire un mot. Elle avance péniblement sur la longue route qui mène chez les Grégoire. À côté d'elle, les enfants s'amusent à marcher dans la boue épaisse et noire.

Dans leur grande maison, à deux kilomètres de Montsou, M. et Mme Grégoire vivent heureux. Ils ne travaillent pas. Ils possèdent des actions* de la mine. Ils sont riches et mènent une vie de petits-bourgeois, avec leur fille unique, Cécile.

Cécile n'est pas très jolie, mais à dix-huit ans, elle respire la santé, avec sa peau fraîche d'enfant bien nourrie. Elle porte de belles robes achetées à Paris. Des professeurs viennent lui donner des cours à la maison. Elle est heureuse.

Très tôt, M. Deneulin, un cousin des Grégoire, est venu leur rendre visite. Il est propriétaire d'une mine voisine. Il explique à son cousin qu'il a des difficultés d'argent et lui demande de l'aider. M. Grégoire refuse.

– Vous feriez mieux, dit-il, de vendre votre mine à la Compagnie de Montsou.

– Jamais ! s'écrie Deneulin, jamais !...

Cécile sort, puis revient quelques instants plus tard.

– Maman, dit-elle, il y a une femme de mineur qui attend à la porte avec deux enfants. Est-ce qu'elle peut entrer ?

Les Grégoire hésitent et, finalement, la font entrer. C'est la Maheude.

Cécile est émue en voyant les enfants si pâles, si sales et si mal habillés. Elle demande à la domes-

---

1. Curé : prêtre catholique.

tique [1] d'aller chercher des vêtements chauds. La Maheude a les larmes aux yeux. Voilà des gens qui vont sûrement lui donner de l'argent. Elle fait comprendre aux Grégoire qu'elle est dans la misère.

Mais les Grégoire ne donnent jamais d'argent. C'est un principe. Ils donnent plutôt des leçons de morale. M. Grégoire explique à la Maheude que les ouvriers doivent être plus raisonnables, aller moins souvent au café, avoir moins d'enfants et faire des économies...

Alors la Maheude s'en va, désespérée. Elle retourne chez Maigrat, l'épicier. Finalement, il accepte de lui faire crédit, mais il lui dit :

– La prochaine fois, envoyez donc Catherine faire les courses...

La Maheude est rentrée chez elle pour s'occuper des enfants et préparer le repas des mineurs. Ensuite, elle va chez la Pierronne, une voisine.

La Pierronne n'a pas d'enfants. Elle est plus riche que les autres femmes du coron, plus soignée aussi, et sa maison est mieux tenue. Des bruits courent sur elle...

La Maheude et la Pierronne regardent par la fenêtre.

– As-tu vu les rideaux des Levaque, dit la Pierronne, c'est dégoûtant !

– Comment peut-on vivre comme ça, dans la saleté ? dit la Maheude.

Après avoir parlé un moment avec la Pierronne, de tout et de rien, la Maheude rentre chez elle. Sur son chemin, elle rencontre la Levaque qui l'invite à prendre un café. La Levaque est une grosse femme laide et sa maison est noire de saleté.

---

1. Domestique : personne payée pour s'occuper d'une maison (faire la vaisselle, le ménage, laver le linge...).

– Je voulais te dire, dit la Levaque... Hier soir, j'ai vu la Pierronne avec un homme !

Tout à coup, elles aperçoivent Mme Hennebeau qui fait visiter le coron à un couple de bourgeois venus de Paris. Mme Hennebeau a commencé la visite par la maison de la Pierronne. Ensuite, ils vont chez la Maheude. Celle-ci se précipite chez elle pour les accueillir.

Mme Hennebeau est en train d'expliquer à ses visiteurs les avantages qui sont accordés aux mineurs par la Compagnie : chaque maison leur est louée six francs par mois ; il y a une grande salle au rez-de-chaussée, deux chambres en haut, une cave et un jardin.

– Et un jardin ! s'étonne la dame, émerveillée, ce coron est absolument charmant...

Pendant ce temps, dans la rue, la Pierronne a retrouvé la Levaque.

– Mais, qu'est-ce que la Maheude leur raconte ? dit la Pierronne. Je suis sûre qu'elle demande de l'argent... Elle n'a jamais un sou !

– Tu sais qu'elle est allée chez les Grégoire, ce matin !

– Elle m'a dit que Maigrat lui avait fait crédit...

– Bien sûr ! Maigrat, c'est Catherine qu'il veut !

Les bourgeois de Paris sont partis. Chez les Maheu, le père et les enfants, qui sont rentrés de la mine, prennent leur repas, puis ils se lavent, les uns après les autres. La Maheude savonne son mari et lui raconte sa visite chez les Grégoire et chez Maigrat.

– Nous aurons du pain jusqu'à samedi, et le plus beau, c'est que Maigrat m'a prêté cent sous. Je crois que je n'ai pas perdu ma matinée, hein ?

Maheu raconte à sa femme l'histoire du boisage, les menaces de l'ingénieur Négrel, la colère des mineurs.

– Sois prudent, dit la Maheude. Ça ne sert à rien de se battre contre la Compagnie. Elle sera toujours plus forte que nous.

Maigrat, l'épicier, accepte de faire crédit à la Maheude.

La femme du mineur savonne son mari.

La vie dans le coron : tout le monde se connaît.

Une maison de mineur bien tenue, comme celle de la Pierronne.

L'après-midi est calme. Le temps est doux et humide. Catherine met sa « robe des dimanches » pour aller en ville. Maheu travaille dans son jardin. Des mineurs fument tranquillement la pipe devant leur maison et regardent les enfants qui sortent de l'école en criant.

À sept heures, les Maheu se mettent à table, sans Catherine qui n'est pas encore rentrée. La nuit va tomber. Le ciel est gris. Par la fenêtre de sa petite chambre, Étienne regarde les nuages chargés de pluie. Il se sent fatigué et rempli de tristesse. Il décide d'aller faire un tour avant de dîner.

Sur la route, il surprend des couples cachés qui s'embrassent ou se disputent. Le jeune homme pense aux enfants qui naîtront et qui vivront dans la même misère que leurs parents. Tout cela lui paraît désespérant. Il s'assied, seul dans le noir. La pluie commence à tomber.

Soudain, un couple passe devant lui. Sans savoir pourquoi, Étienne se met à les suivre. L'homme tient la jeune fille par le bras et lui parle à l'oreille.

– Non, laisse-moi ! dit-elle. Je ne veux pas... Je suis bien trop jeune pour toi... Laisse-moi !

Mais l'homme réussit à emmener la jeune fille. Ils disparaissent dans la nuit. Quelque temps après, Étienne les voit revenir, serrés l'un contre l'autre. Ils passent devant lui, sans le voir. Alors, Étienne reconnaît Catherine et... Chaval !

Étienne serre les poings. Une grande colère monte en lui : contre la jeune fille, contre Chaval, contre lui-même aussi... Pourquoi n'a-t-il pas osé, ce matin, dans la mine ? Maintenant, il est trop tard. Elle appartient à un autre...

Chapitre III

Le printemps est arrivé. Étienne s'est habitué à son travail dans la mine. Les mineurs apprécient son courage, son sérieux et ses connaissances. Il aime discuter politique avec Levaque et surtout avec Maheu, qui est devenu son ami. Cependant, Chaval continue à le détester.

Les relations entre Catherine et Étienne sont un peu difficiles. Dans la mine, ils évitent de se rencontrer, et lorsqu'ils se retrouvent l'un en face de l'autre, ils se sentent un peu gênés.

Étienne habite toujours chez Rasseneur. Un jour, il fait la connaissance de Souvarine, un aristocrate [1] russe qui a été obligé de quitter son pays à la suite d'un attentat [2] manqué contre le tsar [3]. C'est un garçon mince, blond, et il y a quelque chose de sauvage dans ses yeux gris. Il n'a ni femme ni ami. Il veut rester libre. Cet homme solitaire est un anarchiste*. Le soir, lorsque les mineurs ont quitté le café, Étienne, Rasseneur et Souvarine discutent. Ils parlent de la misère des ouvriers, de l'égoïsme des bourgeois, de la révolution, du socialisme*. Ils parlent aussi de l'Association internationale des travailleurs qui vient de se créer à Londres. Étienne est enthousiaste.

– Il faut expliquer aux ouvriers qu'ils doivent s'unir. En quelques mois, nous pouvons devenir les

---

1. Aristocrate : qui appartient à la classe sociale la plus élevée de la société.
2. Attentat : assassinat.
3. Tsar : empereur de Russie.

plus forts et imposer notre loi aux patrons. Croyez-moi, la seule solution, c'est l'Internationale !

Souvarine, lui, ne croit pas à la politique. Il est pour les solutions extrêmes.

– Je ne crois pas à tout ça. Pour construire un monde nouveau, il faut d'abord détruire ! Il faut brûler... Il faut tuer... Ne rien laisser... Alors, un monde meilleur pourra naître.

Depuis quelque temps, Étienne est en relations avec un certain Pluchart, secrétaire de la Fédération* du Nord de l'Internationale. Pluchart veut qu'Étienne crée une section* de l'Internationale à Montsou.

Un soir, Étienne en parle à Rasseneur et à Souvarine.

– Ça ne servira à rien, répond Souvarine.

– Une section à Montsou ? dit Rasseneur. Pourquoi pas ? Mais les mineurs n'ont pas d'argent pour payer les cotisations[1] !

– Mais c'est justement l'intérêt des mineurs, répond Étienne. L'argent de cette section serait comme une caisse de secours, très utile s'il y a une grève.

– Tu crois à la grève ?

– Oui. L'affaire des boisages tourne mal. La révolte n'est pas loin.

Tous les jours, dans la salle vide, après le départ des derniers clients, ce sont les mêmes discussions. Puis Étienne monte dans sa chambre. Il lit. Il pense aux combats qui l'attendent. Il rêve à la victoire des travailleurs.

*
*   *

---

1. Cotisation : part qu'on doit payer pour être membre d'une association.

*Étienne discute souvent avec Souvarine, un garçon solitaire
sans femme ni ami.*

*Le dernier dimanche de juillet, c'est la fête de la ducasse,
à Montsou.*

Nous sommes le dernier dimanche de juillet, le jour de la fête de la ducasse[1] à Montsou. Après le déjeuner, le coron se vide. Les hommes d'abord, les femmes ensuite, tout le monde se précipite vers les cafés. Dans la chaleur de l'été, au milieu des odeurs de cuisine, les familles boivent de la bière et mangent des frites. Entre deux chopes[2], on se réunit autour des jeux : jeux de quilles, jeux de boules, tir à l'arc, combats de coqs, billard. L'atmosphère est bruyante, surchauffée. On crie, on s'interpelle, on s'excite. Des bagarres éclatent.

Le soir, la fête se termine par un bal, au café *le Bon-Joyeux*, chez la veuve[3] Désir, une forte femme qui a six amoureux, « un pour chaque jour de la semaine et les six à la fois le dimanche », comme elle dit. Tout le coron est venu, même les mères avec leurs petits. Ils sont tous serrés les uns contre les autres. La bière coule à flots. Ils sont en sueur et les rires se mêlent au bruit de l'orchestre et des danses.

Mais Étienne ne s'amuse pas avec les autres. Il pense à son projet de caisse de secours. Il en parle autour de lui. Pierron est effrayé. Chaval, au contraire, est d'accord.

– Je suis avec toi, dit-il. Serre-moi la main, tu es un type bien !

Voilà Étienne réconcilié avec Chaval. Il se sent heureux.

– Nous sommes d'accord, dit-il. Pour moi, ce qui compte, c'est la justice. C'est plus important que la bière et les filles. Et ce que je veux, c'est la fin des bourgeois...

---

1. Ducasse : mot du Nord qui signifie fête de village.
2. Chope : grand verre de bière.
3. Veuve : femme dont le mari est mort.

Vers le milieu du mois d'août, Étienne est allé vivre chez les Maheu qui l'ont pris en pension. Il vit près de Catherine, trop près sans doute, car les deux jeunes gens sont amoureux l'un de l'autre sans se le dire. Ils couchent dans la même pièce et la situation est gênante [1]. Chaque jour, Catherine s'habille et se déshabille devant Étienne qui est troublé par sa peau si blanche...

Étienne a réussi a créer à Montsou une section de l'Internationale. Il se passionne pour la politique. Il fait venir des livres. Il écrit régulièrement à Pluchart. Il se sent plus sûr de lui.

Dans le coron, on l'écoute, on lui demande son avis, on l'admire. Il est devenu une sorte de chef et cette popularité ne lui déplaît pas. Il s'habille mieux et il parle avec plus d'assurance.

Tous les soirs, il discute avec les Maheu. Ce sont toujours les mêmes sujets : le bonheur, la religion, l'injustice.

– Quand on est jeune, dit la Maheude, on croit qu'on sera heureux, et puis, finalement, on ne connaît que la misère. Ce n'est pas juste et ça me révolte !

Bonnemort ne comprend pas cette révolte.

– Il faut savoir être heureux avec ce qu'on a, dit-il. Une bonne bière est une bonne bière... Les chefs, ce sont souvent des salauds, mais il y aura toujours des salauds, mais il y aura toujours des chefs, pas vrai ? C'est pas la peine d'essayer de changer tout ça.

– Et pourquoi les ouvriers n'auraient-ils pas le droit de réfléchir ? répond Étienne en colère. C'est justement parce qu'ils ont toujours travaillé comme des machines, sans réfléchir, qu'ils ont toujours été dans la misère. Maintenant, ils ont compris que les

---

1. Gênante : difficile pour l'un et pour l'autre.

Chez les Maheu, Étienne partage la même chambre que Catherine. Les deux jeunes gens s'aiment sans se le dire.

Étienne a créé une section de l'Internationale. Tout le monde vient l'écouter.

patrons sont d'accord pour les exploiter*. Ils ont compris que la religion les trompe. Bientôt, vous verrez, ils refuseront d'être des esclaves[1]. Un jour, croyez-moi, grâce à l'éducation nous serons les plus forts. La révolution est en marche et une société plus juste va naître...

Au mois de septembre, la caisse de secours des mineurs est mise en place.

Puis l'automne est venu avec ses matinées froides. Un samedi d'octobre, les mineurs attendent la paie[2]. Chez Rasseneur, l'atmosphère est tendue. Les Maheu annoncent qu'une affiche[3] a été collée sur la porte du caissier[4]. Personne n'a su la lire. Des nouvelles inquiétantes circulent. On dit que la Compagnie est mécontente du travail des mineurs et qu'elle veut diminuer les salaires.

– Cette fois-ci, dit Étienne à Souvarine, la grève est inévitable. Qu'est-ce que tu en penses ?

– C'est la Compagnie qui veut la grève, répond Souvarine..

– Comment ça ?

– C'est simple : comme la Compagnie veut dépenser moins d'argent, elle paie moins les mineurs. Alors, les mineurs se mettent en grève. La grève vide la caisse de secours et, pour ne pas mourir de faim, les mineurs sont obligés d'accepter des salaires plus bas.

– Je ne suis pas d'accord, dit Rasseneur. Une grève ne profiterait à personne. Pas plus aux mineurs qu'à la Compagnie.

---

1. Esclave : qui ne reçoit pas d'argent pour son travail, qui est entièrement exploité.
2. Paie : salaire.
3. Affiche : papier fixé sur un mur qui annonce quelque chose ou donne des renseignements sur quelque chose.
4. Caissier : personne qui donne les paies.

– L'avantage d'une grève, dit Étienne, c'est qu'elle ferait comprendre aux mineurs l'utilité de l'association internationale. C'est l'opinion de Pluchart.

Les voici tous devant la porte du caissier. Étienne lit l'affiche. C'est un coup terrible pour les mineurs : pour les obliger à faire un bon boisage, la Compagnie leur paiera ce travail, à partir du 1er décembre, mais, par la même occasion, elle leur versera moins d'argent sur chaque berline de charbon. Ils comprennent tous que leur salaire va diminuer. Ils regardent fixement l'affiche en serrant les poings.

Maheu reçoit en tremblant le maigre salaire de son équipe. Le secrétaire général de la Compagnie lui fait des remarques sur ses relations avec Étienne.

– Attention, Maheu ! Vous êtes un bon ouvrier, mais vous écoutez trop ceux qui font de la politique. Vous logez chez vous des gens dangereux. Ça pourrait vous coûter cher.

Il rentre chez lui, furieux contre la Compagnie et contre lui-même, jette cinquante francs sur la table et, tout à coup, se met à pleurer.

Dans tout le coron, c'est un cri de révolte. Et le soir, à *l'Avantage*, la décision est prise : on organisera une grève. Rasseneur n'est plus contre la grève et Souvarine l'accepte, comme un premier pas vers la vraie révolution. Étienne résume la situation :

– Si la Compagnie veut la grève, elle aura la grève !

*
* *

Mais, en attendant, le travail continue. Au fond de la mine, Maheu et son équipe sont inquiets. Depuis plusieurs jours, l'atmosphère [1] est de plus en plus

---

1. Atmosphère : l'air qu'on respire.

humide. De l'eau apparaît par endroits et, peu à peu, la flamme des lampes devient plus pâle et plus bleue. Il y a sûrement du gaz. Maheu craint un accident.

Un jour, Bataille, le vieux cheval, refuse d'avancer.

– Qu'est-ce qui se passe ? dit Maheu. Il doit sentir quelque chose...

Soudain, on entend un craquement terrible, une lourde chute de pierres, puis un grand silence. Quelque part, le toit de la galerie s'est effondré.

Dans le noir et la poussière, les mineurs se précipitent. On entend des cris, des hurlements de femmes. Ils se retrouvent tous sur le lieu de l'accident. Une plainte [1] sort de l'énorme tas de pierres et de bois.

– Jeanlin ! crie Catherine, Jeanlin est dessous !

Les mineurs se mettent à creuser avec rage, guidés par les plaintes de plus en plus faibles. Et puis, les plaintes cessent. Les mineurs se regardent, effrayés, sentant passer le froid de la mort. Un pied apparaît, puis un corps tout entier. C'est Chicot. Il est mort.

– Emportez-le, dit quelqu'un. Et maintenant, vite, il faut chercher Jeanlin.

Maheu est à bout de forces, mais il ne veut laisser sa place à personne. Il enlève une dernière pierre et découvre Jeanlin, évanoui, les deux jambes brisées. Il prend son fils dans ses bras et l'emporte, suivi, dans la nuit des galeries, par les femmes en pleurs et par la longue file des mineurs épuisés [2].

Jour tragique pour le coron. La femme et les enfants de Chicot pleurent sur le corps du pauvre mineur. Chez les Maheu, on est désespéré. Jeanlin ne pourra peut-être plus jamais marcher.

---

1. Plainte : cri de celui qui souffre.
2. Épuisé : qui n'a plus de force, très fatigué.

– Ce pauvre gosse, crie la Maheude, qu'est-ce que je vais en faire maintenant ?

Trois semaines passent. On a pu sauver les jambes de Jeanlin, mais il restera boiteux [1]. Pour les Maheu, les malheurs ne sont pas terminés : quelques jours plus tard, Catherine les quitte pour aller habiter avec Chaval et travailler à Jean-Bart, dans la mine de Deneulin.

C hapitre IV

Le matin du 15 décembre, M. Hennebeau est réveillé brusquement par un surveillant de la mine : au Voreux, pas un homme n'est descendu ! Le directeur de la mine est très surpris. Tout le monde croyait que les ouvriers avaient accepté les nouvelles conditions de paiement. La situation est difficile. Que faire ?

Il décide d'en parler avec sa femme. Justement, ce jour-là, elle a organisé un déjeuner avec les Grégoire pour présenter leur fille à son neveu Paul Négrel.

– Il faut annuler ce déjeuner, dit M. Hennebeau à sa femme.

– Comment ? Annuler mon déjeuner ? Impossible, mon cher. Ce mariage est plus important que les bêtises de vos ouvriers !

Et le déjeuner a lieu. À table, on parle de la grève en mangeant des truites [2] et en buvant du vin du Rhin.

– Les ouvriers doivent comprendre que la belle vie ne peut pas toujours durer, dit M. Hennebeau. Six francs par jour, c'est fini.

---

1. Boiteux : qui a une jambe plus courte que l'autre.
2. Truite : poisson qui vit dans les rivières.

– Mais, dit M. Deneulin, est-ce qu'ils vont accepter que leur salaire diminue ? Les ouvriers sont bien organisés... Ils ont une caisse de secours...

– Ils ne peuvent pas tenir plus de quinze jours avec leur caisse, dit M. Hennebeau.

– Je suis sûr qu'ils vont accepter de reprendre le travail, continue M. Grégoire. Ils sont raisonnables.

– Moi, dit Négrel, je crois que la grève peut durer longtemps et que tout ça peut très mal finir. Faites très attention.

Au moment du café, la domestique vient annoncer que les délégués[1] des mineurs sont venus pour parler à M. le directeur, et qu'ils attendent dans le salon. M. Hennebeau est très nerveux.

Dans le salon, les délégués n'ont pas osé s'asseoir. C'est Maheu qui s'adresse le premier à M. Hennebeau. Il explique au directeur que les mineurs refusent le nouveau système de paiement qui diminue leur salaire. Plus il parle, plus la colère monte en lui.

M. Hennebeau essaie de discuter avec d'autres délégué. Il sait que c'est Étienne le meneur[2], mais Étienne continue de se taire. Pourtant, quand M. Hennebeau accuse l'Internationale de pousser les ouvriers à la révolte, Étienne prend la parole.

– Vous vous trompez, M. le directeur, pas un mineur de Montsou ne fait partie de l'Association internationale des travailleurs. Mais si vous continuez à traiter les mineurs de cette façon, ils y entreront.

– Pourquoi attaquez-vous ainsi la Compagnie ? demande M. Hennebeau. Savez-vous tout ce qu'elle dépense pour les mineurs ? Les logements, le charbon,

---

1. Délégués : les mineurs qui représentent leurs camarades.
2. Meneur : celui qui mène (du verbe mener), qui conduit = le chef.

Ce jour-là, Mme Hennebeau a organisé un déjeuner avec les Grégoire.

M. Hennebeau sait qu'Étienne est le meneur. Mais Étienne continue de se taire.

Maintenant la grève est générale. Les ouvriers des autres fosses ont arrêté le travail.

les médicaments, les retraites... Savez-vous ce que coûte une fosse tout équipée ? Et la concurrence [1], en avez-vous entendu parler ? Essayez de comprendre...

Étienne répond très calmement, mais avec fermeté, que les ouvriers finiront un jour ou l'autre par gagner...

M. Hennebeau reste silencieux, puis il promet d'envoyer les demandes des mineurs à la direction de la Compagnie, à Paris. Les mineurs s'en vont, découragés.

Deux semaines plus tard, la grève s'est étendue aux autres fosses et la caisse de secours est déjà presque vide. Maigrat refuse évidemment de faire

---

1. Concurrence : les autres compagnies.

crédit. On commence à manquer de nourriture. Et on commence aussi à avoir froid. L'hiver sera long sans charbon... Mais c'est sans importance puisqu'on prépare une vie meilleure ! On oublie le présent, on rêve à l'avenir.

Étienne devient le chef de tous les mineurs. On vient le voir chez les Maheu et on lui demande des conseils. Pluchart lui écrit souvent et lui propose de faire une réunion de l'Internationale à Montsou. Étienne hésite. Il sait que Rasseneur n'est pas d'accord.

Un jour, Étienne est resté seul avec la Maheude. Il lit une lettre de Pluchart tandis que la Maheude donne le sein [1] à Estelle. Tout à coup Catherine ouvre la porte. Elle continue à travailler à la mine Jean-Bart, avec Chaval, et elle est venue apporter à sa famille du café et du sucre. Brusquement, la Maheude se met à insulter sa fille, et lui demande pourquoi elle revient ici, puisqu'elle est partie, si jeune, en laissant toute sa famille. Catherine se tait.

Chaval entre à son tour, fou de colère. Il donne un violent coup de pied à Catherine et la pousse vers la porte.

– Sors, nom de Dieu, crie-t-il. Et vous, là, tous les deux, vous pouvez continuer vos saletés, si ça vous amuse !

– Fais attention, toi ! crie Étienne, furieux. Je finirai par te tuer !

Après le départ de Chaval et de Catherine, Étienne doit sortir pour calmer sa colère. Le voilà triste et désespéré... Puis il pense à Pluchart. Pluchart peut le sauver. Et le soir même, il lui écrit de venir tout de suite à Montsou.

---

1. Donner le sein : nourrir son bébé avec son propre lait.

Chaval, en colère, emmène Catherine qui était venue rendre visite à sa mère.

Au début de la réunion, Rasseneur explique aux ouvriers qu'il ne croit pas à la révolution.

La réunion avec Pluchart est organisée un jeudi de janvier, à deux heures. La veuve Désir a prêté la salle du *Bon-Joyeux*. Étienne arrive à l'heure, mais Pluchart n'est pas là. Il est inquiet. Rasseneur lui annonce qu'il a écrit à Pluchart de ne pas venir.

– Pourquoi ? demande Étienne.

– Les mineurs n'ont aucun intérêt à s'inscrire à l'Internationale, répond Rasseneur. Je crois aux réformes. Je ne crois pas à la révolution.

– Décidément, tu ne comprends rien ! Seules les idées de Marx peuvent vaincre le capitalisme * et sauver les ouvriers !

L'ancien et le nouveau chef des mineurs sont maintenant opposés l'un à l'autre. Souvarine les regarde sans rien dire. Mais Pluchart arrive. Il saute de sa voiture. Il est mince, bien serré dans son manteau noir. Il a perdu la voix à force de faire des discours.

– Mais je parlerai, dit-il, il le faut !

Il prend la parole. Le silence se fait. Avec de grands gestes, il présente le monde futur. Il explique que le marxisme * est la nouvelle religion. Avant trois ans, dit-il, le monde entier sera marxiste, et les ouvriers seront les maîtres.

Les mineurs applaudissent.

– C'est le moment, dit Pluchart à Étienne. Vas-y, distribue les cartes *.

Au milieu des conversations et du bruit, la veuve Désir vient annoncer que les gendarmes sont là. On n'a pas encore voté. Alors, avant de s'enfuir, les mineurs crient au président qu'ils sont d'accord pour continuer la grève et pour faire partie de l'Internationale. Et c'est ainsi que les dix mille mineurs de Montsou deviennent membres de l'Internationale.

*
* *

Cette année-là, le mois de janvier est très froid. Les mineurs ont vendu presque tout ce qu'ils possédaient. L'Internationale envoie un peu d'argent de Londres, mais cela ne suffit pas. La misère est de plus en plus grande.

Les mineurs vont revoir M. Hennebeau. Ils savent que la Compagnie commence à désespérer. La grève lui fait perdre beaucoup d'argent. Le directeur propose une augmentation, mais c'est la moitié de ce qu'ils demandent. Alors ils refusent.

– Vous êtes devenus fous ! dit M. Hennebeau. Pensez à vos femmes et à vos enfants... Que ferez-vous quand il n'y aura plus de mine ?

Mais les mineurs ne veulent pas céder. M. Hennebeau s'en va en claquant la porte.

De leur côté, les femmes sont allées chez Maigrat.

Elles lui demandent de faire crédit : l'épicier refuse et se moque d'elles grossièrement. Les femmes sortent du magasin en poussant des cris de haine.

Chez les Maheu, la soirée est triste. Il n'y a rien à manger. Il n'y a pas de feu. La Maheude est allée chez ses voisines pour essayer de trouver du pain. Mais elle revient les mains vides. Les enfants se mettent à pleurer.

Enfin, Étienne rentre. Il a pu trouver quelques pommes de terre cuites. Les enfants et le grand-père se jettent sur cette pauvre nourriture... Les parents, eux, ne mangent pas.

– Il y a des mineurs qui sont prêts à reprendre le travail, dit Étienne, l'air sombre, et dès demain !

– Nom de Dieu ! crie Maheu, soudain en colère. Il y a des traîtres ! La Compagnie veut la guerre ! Hé bien, nous allons nous rassembler, et pas au *Bon-Joyeux*, non, dans la forêt ! C'est dans la forêt que nous serons chez nous !

Le rendez-vous est pris pour le lendemain soir.

L'après-midi du lendemain, Étienne aperçoit Jeanlin qui court en boitant en direction d'une ancienne galerie. Il le suit, et au fond d'un trou il découvre la cachette de Jeanlin. Il y a de la nourriture et des objets volés.

Étienne est furieux contre Jeanlin.

– Comment peux-tu voler et manger tout seul, crie-t-il, quand les autres meurent de faim ?

– Et alors, répond Jeanlin calmement. Les bourgeois nous volent, hein ? C'est toi qui le dis... Alors, moi, je vole les bourgeois. C'est juste, non ?

Étienne est troublé. Il a envie de ramener Jeanlin chez ses parents et de lui donner une leçon. Mais il regarde la cachette et il se dit qu'elle pourra peut-être lui servir un jour. Alors, il s'en va et laisse Jeanlin au fond de sa galerie secrète.

Ce soir-là, tous les grévistes sont réunis dans la forêt. Étienne prend la parole. Il ne leur cache pas la vérité. Il explique d'un ton froid que la situation est grave : la Compagnie ne veut pas céder et elle parle maintenant de faire venir des ouvriers de Belgique. Les mineurs veulent-ils continuer la grève ? Puis il se tait. La foule, elle aussi, reste silencieuse.

Alors, la voix d'Étienne s'élève, plus forte. C'est la voix d'un homme qui apporte la vérité :

– Camarades, êtes-vous prêts à vous laisser faire encore ? Vous avez tellement souffert ! Serez-vous toujours des esclaves ? La mine vous appartient. Vous l'avez payée de votre sang et de votre misère...

Les mineurs écoutent dans l'ombre les paroles d'Étienne et l'applaudissent de plus en plus fort.

Enfin, Étienne parle de l'avenir. Il refait le monde. Il décrit une société de justice, de liberté et de bonheur. Il promet aux mineurs des lendemains qui chantent... Toute la foule, éclairée maintenant par la lumière blanche de la lune, crie son nom et l'applaudit. Tous, hommes, femmes, enfants, sont transportés de joie à l'idée du bonheur futur. Tous sont décidés à se battre, et au milieu des hurlements qui s'entendent jusqu'à Montsou on vote la continuation de la grève.

Mais Chaval est venu aussi. Étienne l'aperçoit.

– Il y a des traîtres parmi nous ! dit-il.

Aussitôt, la foule entoure Chaval en criant : « À mort ! À mort ! » Chaval a peur. Il regarde Étienne avec une haine impuissante et, brusquement, il a une idée :

– Écoutez, dit-il, je suis venu vous dire que les mineurs de Jean-Bart sont en grève. Nous sommes avec vous. Venez demain à Jean-Bart, vous verrez si j'ai dit la vérité...

Chapitre V

Chaval est jaloux du succès d'Étienne à la grande réunion des mineurs dans la forêt. Comme lui, il veut être un chef reconnu par tous. Il explique aux mineurs de la mine de Jean-Bart qu'ils doivent faire grève, eux aussi, pour soutenir ceux de Montsou. Et la grève est décidée.

Lorsque M. Deneulin apprend la nouvelle, il est très inquiet. Il n'est pas dans la même situation que la Compagnie de Montsou, lui, il a de grosses difficultés d'argent.

Il explique sa situation aux mineurs et leur demande de reprendre le travail. Les mineurs refusent. Alors, il a l'idée de parler seul avec Chaval. Il comprend vite que Chaval est jaloux d'Étienne, qu'il est vaniteux [1] et qu'il veut surtout être considéré comme un chef.

– Ce que vous faites aujourd'hui m'étonne, lui dit M. Deneulin. Vous êtes un excellent ouvrier, Chaval, et vous n'avez rien à faire de cette grève… Depuis longtemps, j'ai remarqué vos qualités. J'ai besoin d'un homme comme vous. Je vous offre de devenir surveillant.

Chaval est flatté. Il promet à M. Deneulin de décider ses camarades à reprendre le travail. Il va leur parler aussitôt, et, le matin même, la plupart des ouvriers redescendent dans la mine.

Il fait très chaud au fond de la galerie, car la mine de Jean-Bart est très profonde. Catherine ne supporte pas cette chaleur étouffante. Elle a du mal à

---

1. Vaniteux : content de soi.

respirer. Elle enlève sa veste et son pantalon. Elle continue à travailler, mais elle se sent très faible. Soudain, elle tombe et s'évanouit. Chaval, qui l'attend un peu plus loin, lui crie de se dépêcher. Pas de réponse. Il s'inquiète et revient la chercher. Alors, il découvre Catherine évanouie. Il la prend dans ses bras et l'emporte. Il lui passe de l'eau sur le visage et lui parle avec gentillesse.

Catherine n'a pas l'habitude de cette douceur. Elle se met à pleurer et demande à Chaval :

– Promets-moi d'être gentil comme ça, de temps en temps.

– Je te le promets, répond Chaval.

Mais, tout à coup, ils entendent des bruits inquiétants dans la galerie. Là-bas, on court, on s'affole. Un mineur crie :

– Les mineurs de Montsou ont coupé les câbles * ! Il faut vite remonter par les échelles...

Alors, c'est la panique. Tous se jettent en même temps sur les échelles. Chaval abandonne Catherine qui n'a plus la force de marcher, et il lui crie :

– Reste donc dans le fond, je serai débarrassé de toi !

Chaval a déjà oublié sa promesse... Catherine se laisse porter par la foule, à moitié évanouie. Et, soudain, elle se retrouve dehors, au grand soleil, en face des grévistes de Montsou qui les attendent.

Les uns après les autres, les mineurs de Jean-Bart sortent. Ils sont accueillis par des cris de haine et des insultes.

– À bas les traîtres ! À bas les faux frères !

La foule des grévistes de Montsou est déchaînée [1]. Étienne essaie de rester calme, mais il ne peut conte-

---

1. Déchaînée : excitée, en colère, prête à faire n'importe quoi.

Quand les mineurs de Jean-Bart sortent, la foule les accueille avec des cris de haine.

nir sa fureur lorsque Chaval apparaît. Celui-ci avait pourtant promis, hier, d'être avec eux !

Quand les derniers ouvriers sont sortis, Étienne donne l'ordre à la foule de se diriger vers les autres fosses. Les traîtres sont emmenés de force.

Maintenant, la mine est déserte. Deneulin apparaît. Il vient constater les dégâts : avec les câbles coupés, toute la machine est cassée, le puits est inondé [1], et la mine ne pourra pas fonctionner pendant plusieurs jours.

---

1. Inondé : plein d'eau.

« Quelle importance ? pense Deneulin, puisque les hommes sont tous en grève. » Il sait qu'il est ruiné, qu'il n'y a plus rien à faire. Pourtant, il n'en veut pas aux mineurs. Ce n'est pas leur faute s'ils sont aussi misérables...

La foule en furie se dirige maintenant vers les autres puits. C'est Étienne qui commande. Il force Chaval à marcher devant lui. Catherine, elle, est surveillée par Maheu. Des cris s'élèvent, de plus en plus violents.

– Du pain !... Du pain !... Du pain !...

À Mirou, où beaucoup de mineurs travaillent encore, un surveillant les empêche de passer. Voilà la foule partie vers une nouvelle fosse. Ils sont deux mille maintenant. Emportés par leur colère, ils ne sentent pas la fatigue. Ils cassent tout sur leur passage. Ils ne trouvent rien à manger, mais ils se jettent sur des bouteilles d'alcool cachées derrière le puits. Du coup, l'excitation grandit encore.

Étienne est presque ivre [1]. Quand il voit que Chaval tente de s'enfuir avec Catherine, il se jette sur lui, il l'insulte et le pousse violemment dans la foule. Ils vont détruire un autre puits. Étienne donne un marteau à Chaval et lui ordonne de tout casser.

Et ce n'est pas fini pour Chaval. Une femme l'oblige maintenant à se tremper le visage dans un seau d'eau glacée et à boire à quatre pattes, comme un animal. Une autre cherche à lui enlever sa culotte. Étienne, excité par l'alcool, veut se battre avec lui.

En voyant Étienne ivre et le regard fou, Catherine se souvient de ce que le jeune homme lui a dit le premier jour.

« Il va le tuer », pense-t-elle.

---

1. Ivre : qui a bu trop d'alcool.

Alors, elle se précipite sur Étienne et le frappe au visage.

– Lâche [1] ! dit-elle. Tu veux le tuer, maintenant qu'il n'a plus de forces !...

Elle a gagné. Étienne les laisse partir. La foule se remet en marche vers la maison du directeur car le bruit court qu'on fait venir l'armée.

*
*   *

Hennebeau est chez lui, mais il suit les événements, heure par heure. Il sait que les grévistes ont attaqué Jean-Bart et que les mineurs se sont réunis dans la forêt.

Il s'inquiète pour les autres mines : est-ce qu'il faut faire venir l'armée ? Est-ce que ses chefs à Paris vont donner des ordres ? Il doit prendre une décision.

Justement, une lettre vient d'arriver de Paris : la Compagnie lui demande de mettre fin, par tous les moyens, à la révolte des mineurs. Hennebeau n'hésite pas. Il écrit aussitôt pour réclamer des soldats.

Le matin même, Mme Hennebeau et Négrel sont partis se promener pour la journée, en compagnie de Cécile Grégoire et des filles Deneulin. Au cours de l'après-midi, ils s'arrêtent dans une ferme pour boire du lait. Ils entendent un bruit, au loin, puis des cris qui se rapprochent. Ils se cachent et, morts de peur, ils regardent passer la foule des mineurs.

C'est un spectacle terrible. Dans le soleil du soir, couleur de sang, des femmes presque nues apparaissent, armées de bâtons et criant. Puis viennent les hommes, noirs comme des bêtes sauvages. Ils portent des barres de fer. Une hache [2] se dresse, mena-

---

1. Lâche : qui manque de courage. Ici, qui attaque une personne sans défense.
2. Hache : outil pour couper le bois.

çante. On entend chanter *la Marseillaise* au milieu des hurlements et du bruit des pas sur la terre dure.

Bien caché, le petit groupe reste silencieux. Tous sont effrayés. Est-ce le début d'une révolution qui verra massacrer tous les bourgeois ?

La foule arrive devant les fenêtres de M. Hennebeau. Celui-ci entend des cris, des insultes.

– Du pain !... Sale cochon !... Fainéant !... Du pain !... Du pain !...

– Les imbéciles ! pense M. Hennebeau, ils me croient heureux !

Les mineurs, les femmes surtout, sont de plus en plus déchaînés. Ils jettent des pierres sur la maison des Hennebeau en hurlant des insultes. Étienne essaie de les calmer, mais personne ne lui obéit plus. Les Grégoire, invités pour le dîner du soir, ont réussi à entrer chez le directeur, puis c'est Maigrat, l'épicier, qui arrive. Il a entendu la foule hurler son nom. Il a peur que son magasin soit attaqué. Il vient demander de l'aide.

Bientôt, c'est Mme Hennebeau, Négrel et les trois jeunes filles qui reviennent de leur promenade. Ils ont laissé leur voiture un peu plus loin dans une petite rue. Ils essaient de se glisser dans la foule et d'entrer un à un dans la maison par la porte entrouverte. Tous réussissent, sauf Cécile qui se perd au milieu de la foule.

Alors son parfum, sa robe de soie, son manteau de fourrure excitent les femmes qui l'attrapent et veulent la déshabiller. Puis le vieux Bonnemort, à son tour, saisit la jeune fille. Attiré par sa beauté fraîche, excité par la faim et la misère, il serre ses doigts autour du cou de Cécile. Il est prêt à la tuer...

Soudain un homme à cheval apparaît. C'est Deneulin, venu chercher ses filles. Il réussit à sauver Cécile de justesse. Ils entrent dans la maison au moment où les pierres s'écrasent sur la porte.

Les mineurs se précipitent alors chez Maigrat.
L'épicier est toujours chez les Hennebeau. Il entend
les coups de hache contre la porte de son magasin.
Il essaie de rentrer chez lui par derrière. Il monte
sur le toit. La foule l'aperçoit.

– Regardez !... Regardez !... Le chat est là-haut !
Attrapons-le !

Maigrat a peur. Il commence à trembler. Soudain
il glisse, tombe du toit et se tue, sous les yeux de sa
femme et des mineurs, devenus silencieux. Maigrat
est par terre, mort, dans son sang.

Les femmes se jettent sur lui en criant :

– Ah ! te voilà mort, salaud ! Nous ne serons plus
obligées de coucher avec toi pour avoir un morceau
de pain, vieux cochon !

Tout à coup, Catherine arrive en courant.

*Tout le monde disparaît en quelques minutes. Le corps de
Maigrat reste seul sur la terre blanche.*

– Sauve-toi, dit-elle à Étienne, sauve-toi, voilà les gendarmes ! C'est Chaval qui est allé les chercher... Je suis venue... Sauve-toi, je ne veux pas qu'on te prenne.

Tout le monde disparaît en quelques minutes. Le corps de Maigrat reste seul sur la terre blanche. Les gendarmes arrivent. Et, maintenant, la route est libre pour la voiture du pâtissier de Mme Hennebeau.

Chapitre VI

Après la «journée terrible», la grève continue dans le froid glacial de février. Au milieu des champs, les corons semblent morts. La Compagnie n'ose pas encore faire venir des mineurs belges. Pour l'instant, elle fait garder les fosses désertes par les soldats.

Quelques mineurs ont été arrêtés, mais c'est surtout Étienne que l'on recherche. Son nom a été donné par Chaval. Il se cache sous terre, dans la galerie de Jeanlin, et il ne sort que la nuit.

Là, il a le temps de penser. Il aimerait faire de la politique comme Pluchart, mais il se sent trop petit, trop faible... Est-ce qu'il réussira un jour ?... Les mineurs ont déjà tellement souffert à cause de lui ! Il a des moments de désespoir. La Compagnie va très mal, mais elle ne cédera pas, pense-t-il. Et elle se rattrapera encore sur le dos des ouvriers ! Pourtant, une idée nouvelle naît dans son esprit. Si les soldats devenaient socialistes, ils seraient du côté du peuple, contre la Compagnie... Alors ce serait le triomphe de la révolution... Et, le soir, il parle avec le soldat qui garde le Voreux, un jeune Breton de Plogoff.

En ces temps d'hiver, le coron est sous la neige. Les mineurs supportent de plus en plus mal la faim et le froid. Chaque jour, des disputes éclatent. Les hommes finissent par se battre à coups de poings.

Chez les Maheu, la pauvre Alzire est mourante. La Maheude a appelé le docteur.

Un bruit de pas...

« Le voilà ! » pense-t-elle. Mais non... C'est Étienne qui arrive ! Il trouve les Maheu assis dans le noir, près de leur fillette brûlante de fièvre.

– J'ai entendu dire que la Compagnie va faire venir des travailleurs belges, dit Étienne. Si c'est vrai, nous sommes fichus, et il faut reprendre le travail.

– Qu'est-ce que tu dis ? crie la Maheude. Reprendre le travail ! Ne répète pas ça ! Après tous ces malheurs, plutôt mourir que de céder !...

Étienne ne reconnaît plus la Maheude, autrefois si sage. Il faut négocier avec la Compagnie, pense-t-il. Mais comment finir cette grève ? Comment calmer ces mineurs devenus si durs ?

Le docteur arrive enfin. Il approche une allumette du visage de la petite Alzire et dit :

– Elle vient de mourir ta gamine... Elle est morte de faim... comme les autres !

Le soir, au café *l'Avantage*, Étienne a retrouvé Rasseneur et Souvarine.

– Les Belges sont arrivés, dit Rasseneur. Je vous conseille de reprendre le chemin de la mine. Ça pourrait mal finir...

Étienne est mal à l'aise. Il défend la grève, mais, au fond, il est désespéré. Il sent que les mineurs n'ont plus confiance en lui.

Tout à coup, la porte s'ouvre. Chaval entre, suivi de Catherine.

– Je reprends le travail demain, dit-il. Alors, je viens boire un coup pour fêter ça. On a dit que j'étais un traître... Si quelqu'un veut me le répéter en face, je suis prêt à m'expliquer...

Étienne se lève, très calme, et lui dit :

– Oui, tu es un traître. Ton argent sent mauvais. Il y a longtemps que nous devons nous battre. Je suis prêt. Allons-y...

Les deux hommes commencent à se battre. Chaval donne de violents coups de poing et s'excite en insultant Étienne. Il frappe durement Étienne à l'épaule, mais il reçoit un coup terrible au visage. Le sang coule de son nez écrasé. Il tombe sur le dos. Étienne attend qu'il se relève. Chaval essaie alors, sans être vu, de prendre quelque chose dans sa poche.

– Attention ! Il a son couteau, crie Catherine à Étienne.

Une lutte effrayante s'engage alors. Étienne, fou de rage, réussit à prendre le couteau. Il tient Chaval sous son genou et menace de le tuer. Il a soif de sang. Il va tuer, c'est plus fort que lui... Mais par un énorme effort de volonté, il se calme et laisse partir Chaval. Celui-ci, honteux, sort en claquant la porte. Il interdit à Catherine de le suivre.

Étienne et Catherine sortent ensemble de chez Rasseneur. Ils restent silencieux, gênés de ce face-à-face. Puis Étienne propose timidement à Catherine de venir habiter avec lui, mais elle refuse. Elle veut rester fidèle à Chaval, même si elle ne l'aime pas. Il la conduit donc chez son homme, mais ils ont du mal à se quitter.

Catherine rentre chez elle. Chaval n'est pas là. Il arrive deux heures plus tard, ivre, et il jette Catherine à la porte. Elle passe la nuit dehors, mourant de froid, sans savoir où aller.

Alors qu'il revient chez lui, Étienne aperçoit Jeanlin qui se glisse dans l'ombre. Il s'arrête. Jeanlin s'approche d'un soldat qui garde la mine. Brusquement, il saute sur les épaules du soldat et lui enfonce un couteau dans le cou. Le soldat tombe à terre, mort.

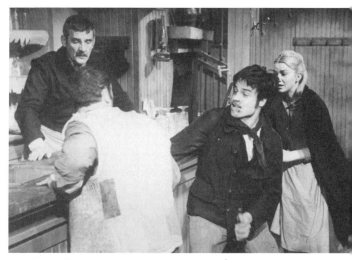
Une lutte effrayante s'engage entre Chaval et Étienne.

Étienne s'approche et demande à Jeanlin :
– Pourquoi as-tu fait ça ?
– Je ne sais pas, répond Jeanlin, j'en avais envie...
Étienne est révolté par tant de violence. Pourtant, il aide Jeanlin à faire disparaître le corps au fond d'un puits. Mais lorsqu'il découvre le visage du mort, il s'aperçoit que c'est le jeune breton de Plogoff avec qui il avait parlé quelques heures avant. Il est malade de dégoût. Il a envie de mourir.

*
* *

Le matin suivant, à la fosse du Voreux, une sonnerie de trompette se fait entendre. Les travailleurs belges sont descendus dans la mine, puis on a fermé toutes les ouvertures. Soixante soldats barrent la seule porte restée libre. Il sont alignés sur deux rangs, dos au mur. Une foule nombreuse arrive du coron. Des cris de mort sont lancés contre les soldats et contre les Belges.

Étienne est en première ligne. Il essaie de calmer les grévistes. Il parle au capitaine.

– Les mineurs sont vos frères, dit-il. Vous ne pouvez pas tirer sur eux...

Le capitaine ne veut rien entendre et répond par des menaces.

Les mineurs sont de plus en plus nombreux. Étienne sait qu'il ne peut plus rien faire.

« C'est fini, pense-t-il, il n'y a plus qu'à se battre et à mourir. »

Les insultes de la foule reprennent. Le capitaine donne l'ordre aux soldats de se préparer à tirer. Les

Le capitaine donne l'ordre aux soldats de se préparer à tirer.

mineurs se moquent de cette menace. Ils avancent de plus en plus, serrant les soldats contre le mur. Un surveillant essaie de les calmer mais, gagnés par la violence, ils ne l'écoutent pas.

La Maheude s'approche d'un soldat, en tenant la petite Estelle dans ses bras.

– Tiens, dit-elle, tire dessus si tu l'oses !

– On ne tire pas sur des Français, nom de Dieu ! crie Maheu.

Pour leur faire peur, le capitaine fait quelques prisonniers. En réponse, tous, hommes, femmes, enfants se mettent à jeter des briques sur les soldats.

Au milieu de cette mêlée, Maheu est resté à l'écart.

– Eh bien, lui dit la Maheude, vas-tu laisser les autres faire le travail ? As-tu peur, Maheu ?

Maheu s'avance et se met lui aussi à lancer des briques. Les soldats sont nerveux. Certains sont blessés. Le sang coule. Le capitaine hésite à donner l'ordre de tirer. Et, au moment où il va crier « Feu ! » les soldats tirent.

Des enfants tombent les premiers, puis le surveillant, des hommes, des femmes.

Tout semble fini, mais un dernier coup de feu atteint Maheu en plein cœur. La Maheude, muette, reste longtemps immobile à le regarder, comme si elle aussi venait de mourir.

Chapitre VII

La révolte de Montsou a fait vingt-cinq blessés et quatorze morts. Deux enfants et trois femmes ont été tués. Le calme est revenu, mais c'est un coup terrible pour les mineurs.

On parle beaucoup de cette tragédie [1] à Paris, surtout dans les journaux. Cela gêne le gouvernement qui demande à la Compagnie d'en finir avec la grève. Ces messieurs de la Compagnie pensent que ce sera facile, car les mineurs n'ont plus la force de se battre. Les ouvriers belges sont donc renvoyés, les soldats quittent la mine et la Compagnie annonce qu'elle reprendra tous les mineurs qui viendront travailler lundi matin.

Mais la mort a laissé sa marque. Les mineurs ne font plus confiance à la direction. Le coron reste silencieux et personne ne bouge.

Dans la maison des Maheu, plus triste et plus noire que les autres, on n'entend que la Maheude qui pleure. Depuis la mort de son homme, elle n'a pas dit un mot. Étienne et Catherine sont revenus vivre avec elle, mais la maison semble vide.

Catherine ne supporte pas cette situation. Un jour, elle annonce à sa mère qu'elle va reprendre le travail. La colère de la Maheude éclate :

– Écoute-moi bien, ma fille, si tu redescends, je te tue ! Tu m'entends, je te tue !... Travailler ! ah, oui, vraiment !... Travailler pour mourir de faim !... Travailler pour des gens qui ont tué ton père !... Jamais je ne te laisserai redescendre ! Jamais ! Plutôt mourir !...

– Ayez courage ! dit Étienne, ça ira mieux bientôt...

– Courage... il en faut du courage, oui... Quand je pense à toutes ces belles idées, à tous ces rêves de bonheur, et puis, pour finir... un coup de fusil et la misère qui continue !...

---

1. Tragédie : histoire qui se termine très mal, où il y a toujours des morts.

Et la Maheude se met à pleurer, la tête dans les mains.

Étienne sort. Il traverse le coron. Les rideaux des fenêtres se lèvent, on le regarde passer. Puis des femmes sortent et commencent à l'insulter. C'est à cause de lui que le malheur est arrivé ! Elles le suivent. Des hommes arrivent, excités par Chaval. Ils se mettent à lancer des briques... Étienne, blessé au bras, est en danger. Il passe devant le café de Rasseneur. La porte s'ouvre.

– Entre ! lui dit Rasseneur. Dépêche-toi, sinon ils vont te tuer !

Étienne hésite. Être attaqué par les mineurs et défendu par Rasseneur, quelle honte pour lui ! Mais il regarde son bras qui saigne et il entend les cris de haine. Alors il entre.

Rasseneur va parler aux mineurs.

– Allons, camarades ! Ça ne sert à rien de se battre comme ça... Je vous l'ai toujours dit : ce n'est pas par la violence que vous arriverez à quelque chose... Si vous m'aviez écouté, vous n'en seriez pas là !...

– Il a raison ! Vive Rasseneur ! crient les mineurs en applaudissant.

Et ils rentrent chez eux. Étienne, tout à coup, se sent comme un étranger. Il n'a plus de courage, plus d'espoir en rien. Les deux hommes, silencieux, finissent par boire une chope ensemble.

Ce soir-là, il y a un grand dîner, chez les Hennebeau. On fête les fiançailles[1] de Cécile et de Négrel. Les bourgeois sont heureux. Ils n'ont plus rien à craindre. Les mineurs vont reprendre le travail, comme de bons ouvriers raisonnables. Ce soir, à la Piolaine – la maison des Hennebeau –, les riches

---

1. Fiançailles : fête qui a lieu quelques mois avant le mariage de deux jeunes gens.

fêtent la victoire. Seul Deneulin a perdu : il a été obligé de vendre Jean-Bart à la Compagnie...

*
*   *

Une nuit, alors qu'Étienne se promène le long du canal [1], il rencontre Souvarine. Les deux hommes rentrent ensemble à Montsou, marchant côte à côte sous la lumière des étoiles.

Ils parlent d'abord de leurs luttes, du combat des ouvriers contre les patrons, des petits contre les gros...

« Est-ce que ce combat finira un jour ? » se demande Étienne.

Puis Souvarine raconte la mort de sa femme, Annouchka, une terroriste* comme lui, arrêtée par les soldats du tsar et pendue sous ses yeux.

– Aujourd'hui, tu vois, dit Souvarine, je suis seul et je n'ai plus aucune raison de vivre... Ici, tout est fini. Nous avons perdu. Tu as vu ? La Compagnie propose de tout oublier – de pardonner ! – si les mineurs acceptent de redescendre... Ils vont reprendre le travail, j'en suis sûr !

– Il faut les comprendre, dit Étienne. Ils ont faim...

– Peut-être, mais ce sont quand même des lâches !

En tout cas, moi, je n'ai plus rien à faire ici. Je pars.

Les deux hommes se disent adieu et se séparent. Étienne rentre chez lui, le cœur plein de tristesse. Souvarine marche longtemps encore le long du canal, puis brusquement il se dirige vers le Voreux.

Il est minuit lorsque Souvarine arrive à la fosse du Voreux. Il prend des outils et descend par les échelles. Trois cent cinquante mètres plus bas, il

---

1. Canal : rivière artificielle, créée par l'homme.

s'arrête. Ce qu'il veut faire, c'est détruire la mine, complètement, définitivement. Il est venu préparer la catastrophe finale !

Suspendu dans le vide, il commence à scier[1] les boisages. Et ce terrible travail de mort dure plusieurs heures... Enfin, épuisé, il remonte. Trois heures sonnent. Bientôt, les premiers mineurs descendront. Le poids de la cage et la pression de l'eau feront éclater les boisages. Tout explosera, tout s'effondrera, tout sera inondé, tout disparaîtra !... Souvarine jette un dernier regard sur la fosse, fait quelques pas sur la route et attend...

Au même moment, chez les Maheu, Catherine se lève sans bruit. Étienne ne dort pas.

– Qu'est-ce que tu fais ? demande-t-il à voix basse.

– Je retourne travailler à la fosse... Ne dis rien à maman, s'il te plaît...

Étienne la regarde se préparer. Il se sent plein de tendresse pour la jeune fille, si fragile et si courageuse. Et, tout à coup, sans savoir pourquoi, il lui dit à l'oreille :

– Attends, je vais avec toi !...

Près de l'Avantage, Souvarine regarde passer les mineurs qui reprennent le travail... les mineurs qui vont vers la mort ! Et il les compte, froidement. Soudain, il aperçoit Étienne. Il se précipite vers lui.

– Rentre chez toi ! Ne descends pas !

– Je fais ce que je veux ! répond Étienne.

– Je te dis de rentrer chez toi, entends-tu !

Mais Souvarine reconnaît Catherine, qui s'est approchée.

– C'est donc pour elle qu'il fait ça ! pense-t-il. Alors, il n'y a rien à faire...

---

1. Scier : couper.

Et Souvarine, immobile, regarde Étienne et Catherine qui entrent au Voreux.

Étienne et Catherine se retrouvent au milieu des autres mineurs, tous un peu honteux. Mais un homme est là, qui les regarde avec un mauvais sourire... Chaval !

Quatre heures. La descente commence. Les mineurs sont inquiets : la cage flotte anormalement contre les bords du puits et la pluie tombe, de plus en plus fort. Au fond, l'eau coule dans les galeries et l'on entend des bruits dans le lointain.

Cependant, les mineurs commencent à travailler. Chaval a voulu se mettre dans l'équipe d'Étienne et de Catherine. Très vite, les deux hommes sont de nouveau l'un en face de l'autre, prêts à se battre. On doit les séparer.

Tout à coup, ils entendent un grand bruit, au loin, et Catherine arrive en courant.

– Tous les autres sont partis ! crie-t-elle. Aussitôt, les mineurs se sauvent, affolés, et se précipitent vers les cages. Ils courent dans les galeries désertes et l'on entend leurs appels au milieu des bruits qui se rapprochent. Soudain, un torrent d'eau leur barre la route. Il faut traverser ! Ceux qui tombent disparaissent, emportés par la boue... Enfin, ils réussissent à atteindre les cages. Ils sont vingt. Mais juste au moment où ils arrivent, la dernière cage vient de remonter ! Étienne, Catherine, Chaval et leurs camarades poussent un hurlement terrible. Ils savent que la cage ne redescendra pas et qu'ils sont prisonniers du Voreux, enterrés vivants !

Là-haut, à l'entrée de la fosse, les familles arrivent et demandent les noms des mineurs restés au fond. L'ingénieur Négrel calme la foule et décide de descendre seul. Il veut comprendre ce qui s'est passé et sauver les mineurs.

Il descend, et ce qu'il découvre est terrible ! La mine est en train de s'effondrer. L'eau envahit toutes les galeries. Il entend les hurlements des ouvriers qui sont restés au fond et il comprend qu'il est impossible d'aller chercher ces malheureux. Enfin, il s'aperçoit que les boisages ont été sciés. Quelqu'un a donc voulu détruire et tuer !

Négrel remonte, plus pâle que la mort.

– Les noms !... Les noms !... crie la foule.

La Maheude et Zacharie, son fils aîné, pleurent. Ils savent que Catherine et Étienne sont au fond.

Cinq mineurs arrivent. Ils ont réussi à sortir par l'ancien puits de Réquillart. Il en reste encore quinze, mais l'espoir est revenu. Une longue attente commence, sous le ciel gris. Là-bas, loin de la foule, Souvarine observe...

On entend de longs craquements. La terre tremble. La foule effrayée garde le silence. Dans les profondeurs du Voreux, l'horrible destruction continue.

Soudain, une secousse formidable fait reculer la foule. Et, sous les regards effrayés des mineurs, les bâtiments et les machines s'effondrent, la terre s'ouvre, tout disparaît et le canal commence à remplir ce trou monstrueux.

La foule s'enfuit en hurlant. Négrel pousse un cri de douleur. Hennebeau pleure. La Maheude et Zacharie, les larmes aux yeux, immobiles, regardent...

Alors Souvarine se lève lentement et s'en va, sans se retourner.

Négrel veut à tout prix sauver les mineurs prisonniers de la fosse. Il pense qu'on peut les rejoindre en creusant une galerie à partir de l'ancien puits de Réquillart. Il prend le commandement d'un groupe de mineurs qui creusent jour et nuit. Zacharie en fait partie. Il creuse comme un fou, pensant à sa

Les bâtiments et les machines s'effondrent, dans de terribles craquements.

Une longue attente commence sous le ciel gris.

Un groupe de mineurs commence à creuser une galerie pour essayer de rejoindre les survivants.

sœur, enfermée dans la nuit quelques mètres plus loin. Sa sœur qui l'appelle, peut-être, et qui est en train de mourir ! Là-haut, la Maheude attend...

Ils creusent depuis trois jours. De temps en temps, ils s'arrêtent et écoutent. Rien. Aucun bruit. Ils commencent à désespérer. Ils sont près d'abandonner. Zacharie continue de creuser de toutes ses forces.

Soudain, il appelle ses camarades :

– Ça y est ! Je les entends ! Écoutez...

Les mineurs entendent des coups frappés contre la paroi. Ils sont vivants !... Mais ils sont loin, si loin ! À cinquante mètres, peut-être... Cinquante mètres à creuser ! Combien faudra-t-il de jours ? Ils reprennent le travail et Zacharie ne veut jamais laisser sa place... Encore trente mètres à creuser... Il faudra douze jours ! On entend toujours les appels, mais combien de temps pourront-ils vivre sans pain, dans l'eau et dans le froid ?

Zacharie creuse. Il veut aller encore plus vite. Il trouve que la galerie n'est pas assez éclairée. Il ouvre sa lampe. Et, soudain, c'est l'explosion, avec des flammes terribles... Trois mineurs sont brûlés. On ramène Zacharie, mort, la tête arrachée ! Les travaux reprennent quelque temps après, mais on n'entend plus les appels...

Les Grégoire ont entendu parler des malheurs de la Maheude. Ils veulent l'aider. Ils viennent avec Cécile lui apporter de la nourriture et des chaussures pour le vieux Bonnemort.

La Maheude n'est pas là. Bonnemort est seul dans la maison. Il est assis, les yeux ouverts, muet, idiot. Les Grégoire posent les paquets par terre et sortent. Cécile veut rester un instant près du pauvre homme.

Elle est en face de lui. Elle a l'impression étrange d'avoir déjà vu ce vieillard, toute cette laideur et cette misère dans un visage... Et, brusquement, elle

Un coup de grisou : soudain, c'est l'explosion, avec des flammes terribles.

reconnaît l'homme qui l'a attaquée devant la maison des Hennebeau. Le vieux Bonnemort regarde fixement la jeune fille, si belle, si fraîche, si riche !...

Quelques instants plus tard, lorsqu'ils viennent chercher leur fille, les Grégoire découvrent un horrible spectacle : Cécile est morte, étranglée par Bonnemort.

*

*   *

Que s'est-il passé au fond de la mine pendant tous ces jours ?

La dernière cage vient de remonter. C'est un moment terrible pour les mineurs abandonnés. Plus de cage ! Les échelles cassées ! Il faut trouver une sortie... Mais où aller ? Chaval va à droite, Étienne et Catherine à gauche.

Les deux jeunes gens marchent, marchent sans cesse. Il faut remonter les galeries, fuir l'eau qui arrive de partout. On entend des grognements et le cri des chevaux qui sentent la mort. Combien de temps cela dure-t-il ? Une nuit ? Deux jours ? Ils ne savent pas. Catherine est épuisée. Étienne la porte dans ses bras.

– Je ne veux pas mourir ! répète-t-elle. Emmène-moi ! Je ne veux pas mourir !

Enfin, les voici dans une galerie où l'eau n'est pas encore arrivée. Ils montent, pleins d'espoir. Le puits ressemble à une sortie... Un dernier effort... Ils aperçoivent une lumière... Quelqu'un est là... C'est Chaval !

– Eh bien, dit-il, je vois que vous n'êtes pas plus malins que moi !

Ils sont tous les trois prisonniers au fond d'une galerie. Impossible d'aller plus loin ! Impossible de revenir en arrière ! Et Chaval qui sourit en regardant Catherine...

Les heures passent. Chaval essaie d'attirer Catherine. Les deux hommes s'insultent et finissent par se battre. Étienne est comme fou. Il lance une énorme pierre sur Chaval qui s'effondre, le crâne ouvert, mort !... Étienne jette le corps dans un trou. On entend un bruit d'eau... l'eau qui arrive dans la galerie !

Les jours passent. Étienne et Catherine attendent les mineurs qui creusent de l'autre côté, là-bas, très loin. Catherine frappe contre la paroi avec ses sabots[1]. Mais ils n'ont plus d'espoir, plus de forces. L'eau a envahi

---

1. Sabots : chaussures en bois.

la galerie. Ils ont froid. Ils ont faim. Ils mangent du bois... Et voici que le corps de Chaval réapparaît, flottant sur l'eau !

Catherine devient à moitié folle. Elle a la tête pleine de chants d'oiseaux et de fleurs au grand soleil. Elle rêve d'amour et de bonheur. Elle tremble en voyant arriver la mort... Étienne la prend dans ses bras.

– Je t'ai toujours aimé, dit-elle. Depuis le début, j'ai envie de toi... Tu le sais bien...

– Un jour, tu verras, nous serons heureux ensemble, dit Étienne.

Catherine s'accroche à lui, désespérément... et les deux jeunes gens qui attendent ce moment depuis si longtemps peuvent enfin s'aimer, dans le silence et dans la nuit.

Puis, doucement, Catherine s'endort. Quand Étienne s'approche d'elle pour lui caresser le visage quelques instants plus tard, elle a le front glacé. Elle est morte.

Deux jours passent encore. Les bruits se rapprochent, mais Étienne n'entend plus. Soudain, des pierres roulent, Négrel apparaît. Il prend Étienne dans ses bras et pleure... Lorsque le jeune homme sort de la fosse, la foule s'écarte : avec ses cheveux tout blancs, il a l'air d'un vieillard ! À genoux près du corps de sa fille, la Maheude le regarde passer, la bouche ouverte, dans une longue plainte.

*
* *

Nous sommes en avril. Il est quatre heures du matin. Étienne se dirige à grands pas vers la mine.

Il vient de sortir de l'hôpital. Il est encore pâle et maigre. Il part pour Paris où l'attend Pluchart. Il est venu dire au revoir aux mineurs.

Ils ont tous repris le travail, vaincus par la Compagnie. Et ils attendent l'heure de la descente, dans le froid du petit matin, les dents serrées de colère.

La Maheude a accepté un travail au fond de la mine, pour que ses derniers enfants ne meurent pas de faim. Étienne ne veut pas partir sans lui dire adieu. Il la retrouve usée, déformée, c'est une vieille femme maintenant, et il a les larmes aux yeux. Ils parlent du passé, de Maheu, de Zacharie, de Catherine... Puis ils se donnent une dernière poignée de main.

Étienne prend la route de la gare. Il pense à la révolution qu'il va préparer à Paris avec l'Internationale. Il pense à ses camarades qui travaillent dans les profondeurs de la terre, comme une armée en marche vers l'avenir, comme un immense espoir qui germe.

Mots et expressions

La mine

Action, *f.* : part de capital dans une société (ici, la mine).

Berline, *f.* : petit wagon servant à transporter le charbon le long des galeries.

Câble, *m.* : grosse corde métallique. Ici, les câbles permettent de faire descendre et monter la cage (voir ce mot).

Cage, *f.* : ascenseur servant à descendre ou remonter les mineurs ou le charbon.

Compagnie, *f.* : l'ensemble des propriétaires de la mine.

Coron, *m.* : groupe d'habitations de mineurs, appartenant à la Compagnie.

Fosse, *f.* : trou qui donne accès aux différentes galeries de la mine (= *puits*).

Galerie, *f.* : tunnel perpendiculaire à la fosse, où l'on extrait le charbon.

Puits, *m.* : voir **fosse.**

Veine de charbon, *f.* : couche de charbon assez large pour être exploitée.

Le mouvement ouvrier

Anarchiste : celui ou celle qui refuse tout ordre, toute autorité de l'État.

Association internationale des travailleurs (A.I.T.) : groupement de travailleurs de différents pays, fondé à Londres en 1864 ; Karl Marx joua un grand rôle dans sa fondation ; l'organisation, toujours divisée, disparut en 1882.

Capitalisme, *m.* : régime économique et social, fondé sur l'entreprise privée et la liberté du marché *(capital).*

Carte, *f.* : chaque personne qui veut faire partie de l'Association internationale des travailleurs doit posséder une carte.

Exploiter : faire travailler des ouvriers en ne les payant presque pas.

Fédération du Nord : chaque association nationale des travailleurs (membre de l'A.I.T.) était divisée en Fédérations correspondant à des régions du pays (ici, le nord de la France).

Grève, *f.* : arrêt de travail décidé par les travailleurs pour manifester un désaccord.

Marxisme, *m.* : doctrine de Karl Marx, fondée sur la lutte des classes sociales et incitant les travailleurs à devenir propriétaires des moyens de production.

Révolté *(adj.)* : avoir un sentiment de grande colère à cause d'une injustice.

Section, f. : chaque Fédération de l'A.I.T. était divisée en sections (section de Montsou, par exemple).

Socialisme, *m.* : doctrine politique et économique qui préconise la disparition de la propriété privée des moyens de production ; qui veut la disparition du capitalisme.

Socialiste : celui ou celle qui est d'accord avec le socialisme (voir ce mot).

Terroriste : celui ou celle qui utilise la violence (la terreur) pour imposer ses idées.

Pour aller plus loin...

Le texte original est disponible dans la collection **Le Livre de Poche classique** (Hachette).

TITRES PARUS OU À PARAÎTRE

Série Vivre en français

La Cuisine française (niveau 1) *
Le Tour de France (niveau 1)

La Grande Histoire de la petite 2 CV (niveau 2) *
La Chanson française (niveau 2)
Le Cinéma français (niveau 2)

Cathédrales et abbayes de France (niveau 3)

Série Grandes œuvres

Carmen, *P. Mérimée* (niveau 1) *
Contes de Perrault (niveau 1) *

Lettres de mon moulin, *A. Daudet* (niveau 2) *
Le Comte de Monte-Cristo, *A. Dumas*, tome I (niveau 2) *
Le Comte de Monte-Cristo, *A. Dumas*, tome II (niveau 2) *
Les Aventures d'Arsène Lupin, *M. Leblanc* (niveau 2) *
Poil de Carotte, *J. Renard* (niveau 2)
Notre-Dame de Paris, *V. Hugo*, tome I (niveau 2)
Notre-Dame de Paris, *V. Hugo*, tome II (niveau 2)
Germinal, *É. Zola* (niveau 2)

Tartuffe, *Molière* (niveau 3) *
Au Bonheur des Dames, *É. Zola* (niveau 3) *
Bel-Ami, *G. de Maupassant* (niveau 3)

Série Portraits

Victor Hugo (niveau 1)

Colette (niveau 2) *
Les Navigateurs français (niveau 2)

Coco Chanel (niveau 3)
Gérard Depardieu (niveau 3) *

*Un dossier de l'enseignant est paru pour ces 12 premiers titres.
Un autre est en préparation pour les 12 autres titres.